智元微库
OPEN MIND

成长也是一种美好

我会永远抱紧你

喵掌柜老李 著 绘

I Will
Hold You
Forever

人民邮电出版社
北京

图书在版编目（CIP）数据

我会永远抱紧你 / 喵掌柜老李著、绘．-- 北京：
人民邮电出版社，2022.12 （2023.6重印）
　ISBN 978-7-115-59554-6

　Ⅰ．①我… Ⅱ．①喵… Ⅲ．①故事－中国－当代
Ⅳ．① I247.81

中国版本图书馆 CIP 数据核字（2022）第 109242 号

◆ 著 / 绘　喵掌柜老李
　　责任编辑　张渝涓
　　责任印制　周昇亮

◆ 人民邮电出版社出版发行　北京市丰台区成寿寺路 11 号
　邮编 100164　电子邮件 315@ptpress.com.cn
　网址 https://www.ptpress.com.cn
　临西县阅读时光印刷有限公司印刷

◆ 开本：880×1230　1/32
　印张：6.5
　字数：80 千字

　2022 年 12 月第 1 版
　2023 年 6 月河北第 3 次印刷

定　价：78.00 元

读者服务热线：（010）81055522　印装质量热线：（010）81055316
反盗版热线：（010）81055315

广告经营许可证：京东市监广登字 20170147号

本书献给

每一个热爱小动物的你。

"这个世界不仅有光，还有爱。"

目录

用我的可爱换条鱼 ……………………… 1

老板，来份肉丸 ………………………… 11

我会永远抱紧你 ………………………… 19

当大可爱遇到小可爱 …………………… 27

贵重物品 ………………………………… 34

我怕我会忘了你 ………………………… 40

满目星辰皆是你 ………………………… 46

妈妈不要你了 …………………………… 55

猫中维纳斯 ……………………………… 60

下辈子还做好朋友 ……………………… 69

一个包子的爱 …………………………… 76

染色猫 …………………………………… 84

爱是热，被爱是光 ……………………… 92

爱，缺你不可 …………………………… 102

不幸中的小幸运…………………………110

猫之报恩…………………………117

爱的重逢…………………………124

以爱之名…………………………132

云朵制造馆…………………………138

流浪汉与猫…………………………146

思蕊的告白…………………………152

假装我有个"家"…………………………159

一耳繁花…………………………164

"霸王龙"遇见"美人鱼"…………………………170

团圆馅月饼…………………………179

人间的"星星"…………………………187

治愈的猫猫狗狗…………………………193

用我的**可爱**换条鱼

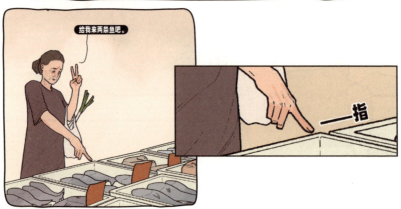

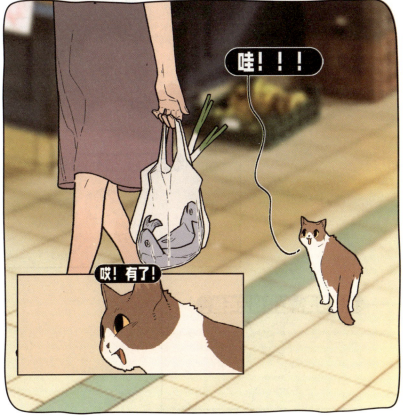

" 哪有什么人类的方法，
都是因为爱啊！ "

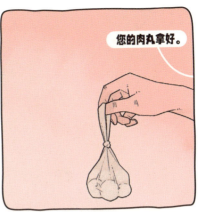

“ 人与动物间的‘交易’，
是心灵相通的纯粹。 ”

我会永远
抱紧你

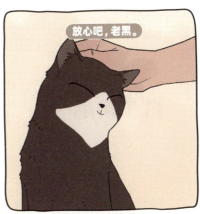

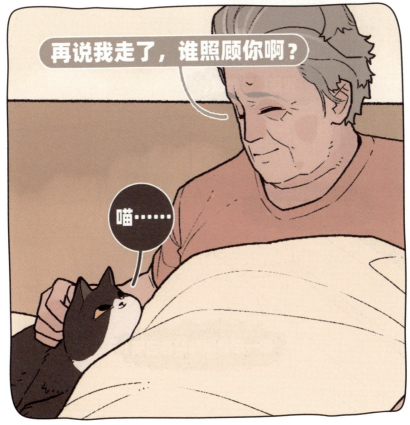

几个月后……

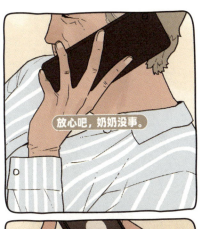

放心吧，奶奶没事。

......

喂，妈，我这两天就不来医院了啊！

公司让我出差。

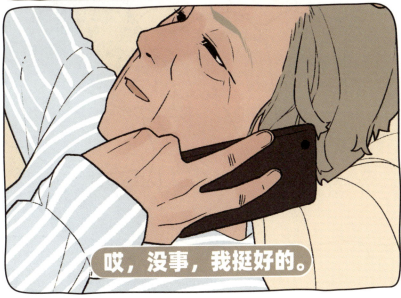

哎，没事，我挺好的。

奶奶别难过，你还有我呢！

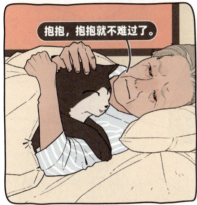

抱抱，抱抱就不难过了。

这可是五年前你告诉我的哦……

这是谁家的小可怜呀……

抱抱，抱抱就不难过了。

"我会永远抱紧你，
告诉你我一直都在。"

当大可爱遇到小可爱

我就这么个大宝贝，不惯着它惯着谁？

" 我一生的浪漫和宠溺都给了家人，
而你也是家人之一呀，
小馋猫……"

小家伙在这儿晒太阳呢?

爷爷先去外面干活儿了哈。

喵……好呀!

每天吃得饱饱的。

跟爷爷待在一起晒太阳太幸福啦!

火势逐渐平息之后……

" 世上总有一些美好，
比钱财更珍贵。 "

我怕我会

忘了你

我好想你啊······

我怕我老了会忘记你。

我的曲奇，你在天上还好吗？

所以我为你修剪了这个景观。

我的老伙计······

44

"上天把你从我的身边带走,
但是我坚信你从未离开。"

三个月前……

但有她在就有家。

直到有一天我觅食归来，

发现小白
被邻居小姐姐抱走了。

小白……

这一次我不会放弃!

只要你愿意等，
我就愿意翻山越岭去见你，
这次，下次，每次。

"妈妈不要你了"

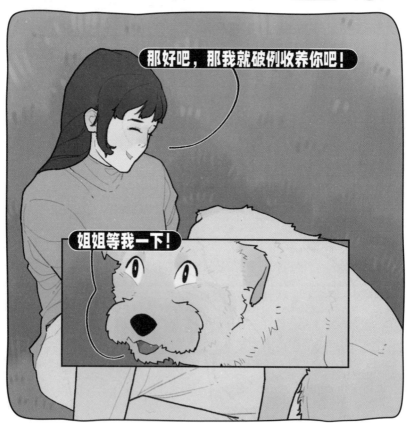

妈妈不要你了，
因为妈妈
要让你活下去。

猫中维纳斯

你怎么能坚持这么久呀？

你仔细看看我……

有一个人拿着好吃的来喂我，

我好开心，以为终于可以饱餐一顿啦！

结果……

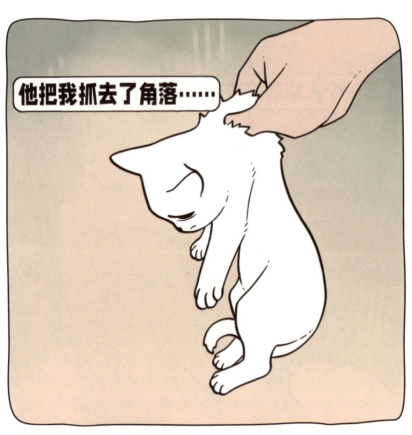

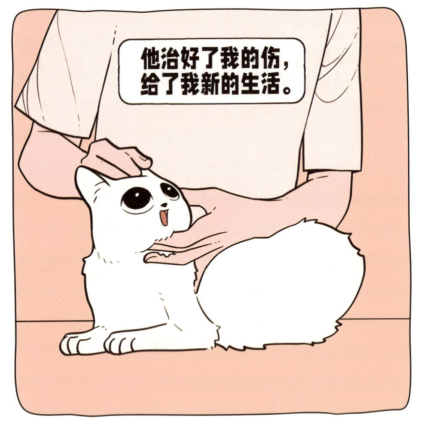

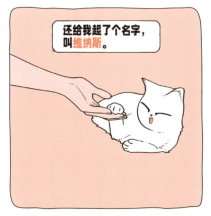

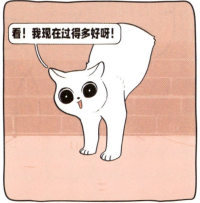

嘿嘿。

世间有很多美，
你独赐我残缺美，
但我仍然相信真善美！

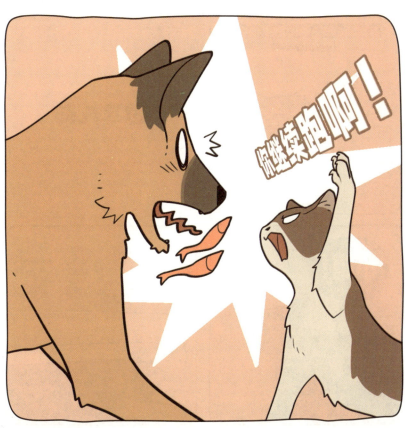

过了几天

这些都是我给你攒的……

你能不能醒过来再挠挠我呀？

" 这是我欠你的小鱼干，
下辈子我们还做好朋友。"

一个包子的爱

这个世界偷偷爱着你，
只是你不知道而已。

染色猫

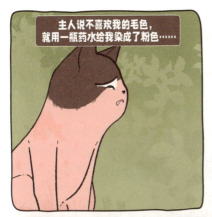

主人说不喜欢我的毛色，就用一瓶药水给我染成了粉色……

药水弄得我好疼，把我的毛都烧掉了……

可染成粉色他还是不喜欢，就把我丢出来了……

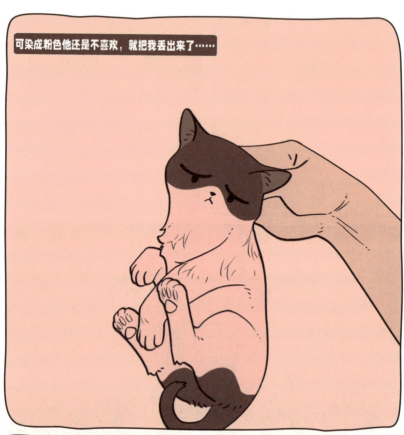

喵！

跟我回家吧！

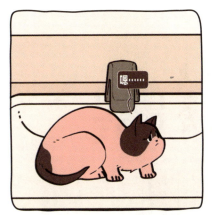

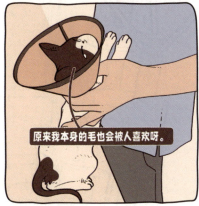

有人用私欲染绚烂，
也有人用爱还你安康。

爱是**热**，
被爱是**光**

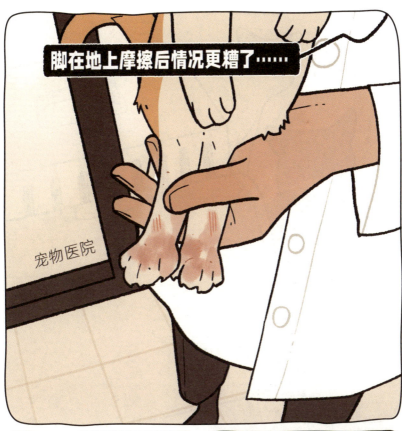

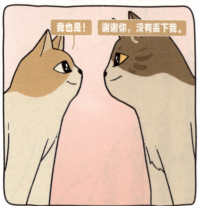

“　颠沛流离时，我们在一起，
重获新生时，我们仍在一起。
糟糕的日子都过去了，
剩下的都是好运气。　”

爱,缺你不可

好羨慕啊……

好开心啊，我有家了耶！

哎，这流浪猫身上都是病菌……

要想个办法让宝贝儿送走它啊……

嘿，这好办！

这只猫的眼睛是蓝色的，又干净又漂亮。

咱们就养着这只吧。

好不好呀？

别要那只流浪猫了。

嗯……

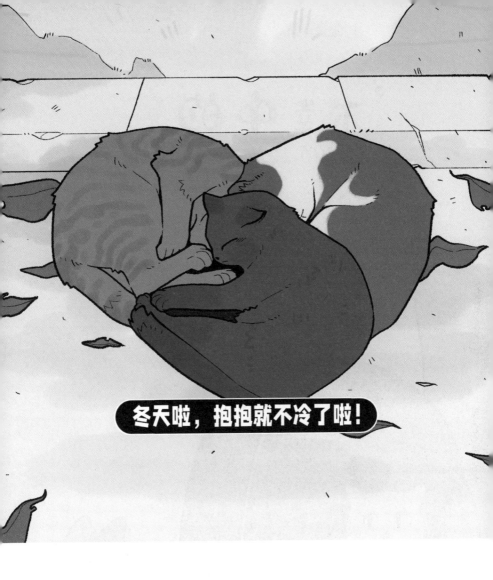

冬天啦，抱抱就不冷了啦！

"   拥有过再失去，
    比从未拥有更难过。"

“ 原来之前所有的不幸,
都是为了遇见你。
遇见你之后,
我才知道世间有温柔。”

猫之报恩

嗯……不行，太少了！

我得再去找几个！

我只会
用笨笨的方式
来爱你。

爱的重逢

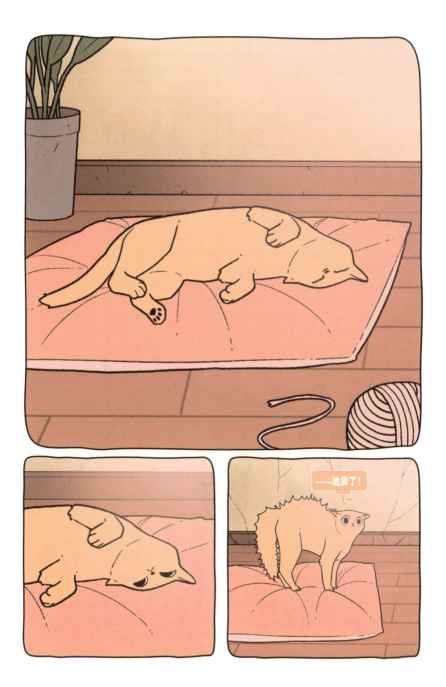

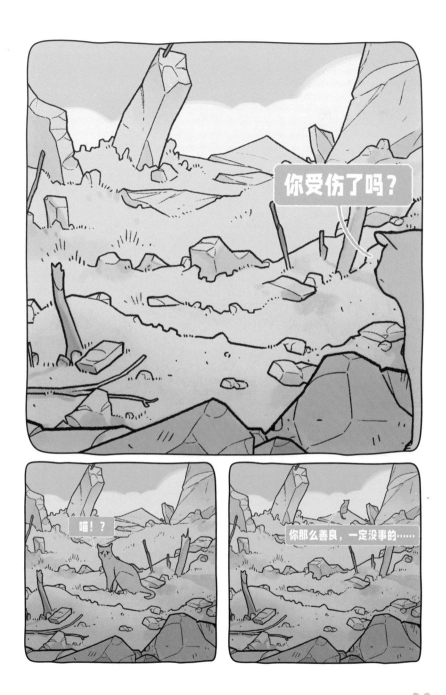

三年后

在我见不到你的日子里，我们已经在记忆里重逢了千万次。

以爱之名

五年过去了……

所谓陪伴，
就是时间不停催促我往前跑，
而你一直都在。

云彩制造馆

几小时后

......

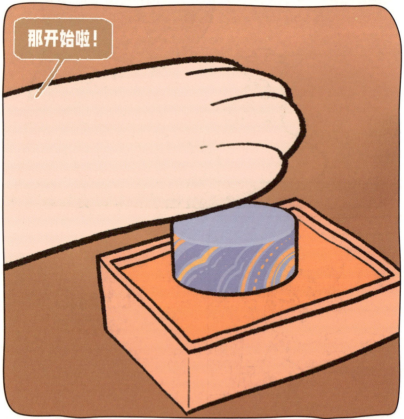

" 想我的时候，
你就抬头看看那朵云，
那是我对你遥远的思念。"

"我是流浪汉，
但我的猫
不是流浪猫。"

"思蕊"的告白

和你在一起的一年零七个月，

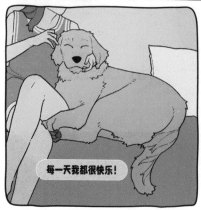

每一天我都很快乐！

这是我汪生最美好的时光呀！

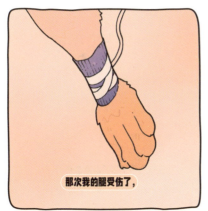

那次我的腿受伤了，

你花光所有的积蓄给我做手术。

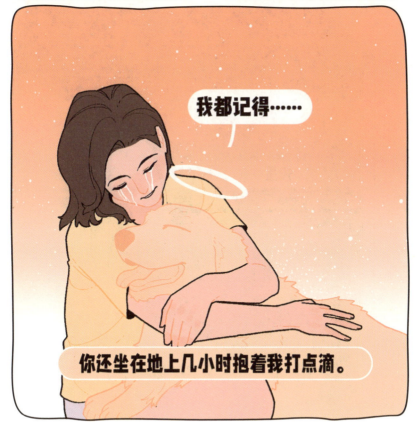

我都记得……

你还坐在地上几小时抱着我打点滴。

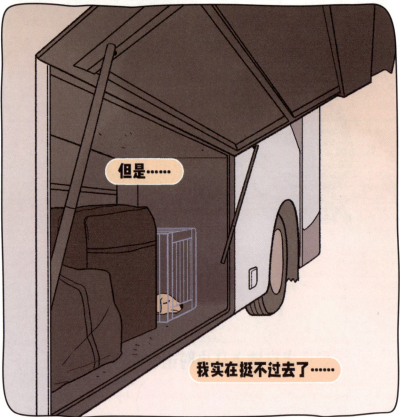

我会化作人间风雨，永远伴你左右。

"思蕊，
我一定会回来看你的！
可能是天上的云、
你耳边吹过的风，
或者某天
落在你身上的小蝴蝶……"

假装我有个"家"

　　" 我曾有个家，
　　闭上眼睛，
　　我就能看见它。"

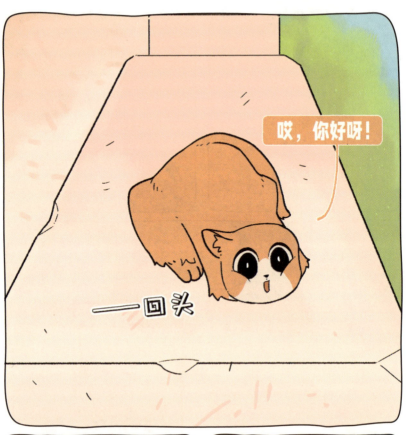

现在你有了更漂亮的耳朵啦！

世界以痛吻你，
我赠你一耳繁花似锦。

"霸王龙"遇见"美人鱼"

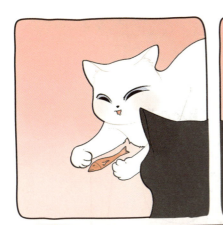

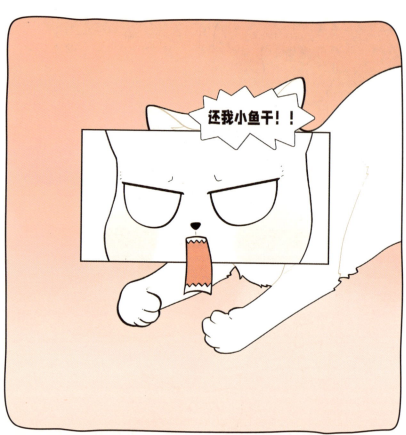

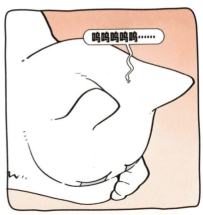

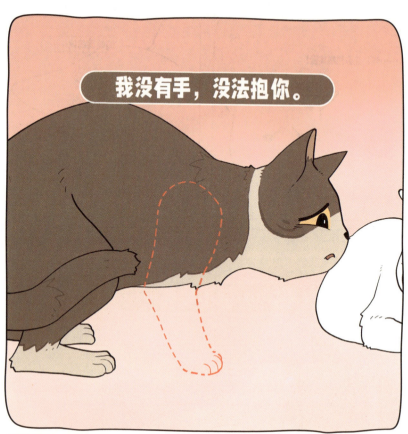

这个世界
本就没有完美的一切，
只有幸运的相遇。

团圆馅月饼

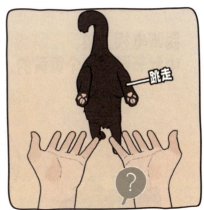

我听电视上说，
中秋节要吃这个黄黄的、圆圆的东西嘛。

我挑了好一会儿呢！

嗯……

" 小猫咪能有什么小心思呢，
只不过想一直陪着你呀！ "

人间的"星星"

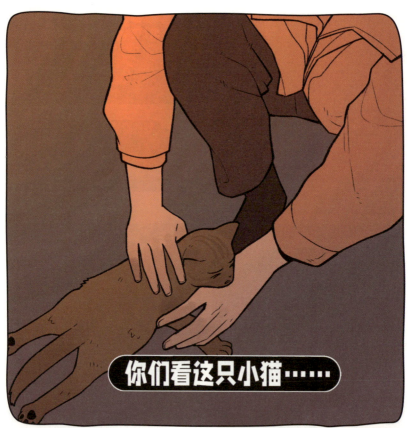

你们看这只小猫……

它的腿好像坏了……

咬

你被咬啦，没事吧？

——嘶！

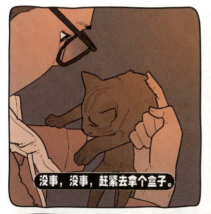

"　　我是喵掌柜老李，
遇到它的那天，繁星满天，
所以我叫它——星星。"

治愈的
猫猫狗狗

这个世界

一直都在偷偷温暖你

原来之前所有的不幸

都是为了遇见你

遇见你之后

我才知道世间有温柔

这是《我会永远抱紧你》这本书中的一句话，很温暖，很治愈。

如果每个人都可以给予那些弱小的、脆弱的、残缺的人或动物以温柔，这个世界或许就会变得更美好。

不知作者喵掌柜老李是一个怎样的男人，内心居然如此温柔、细腻？带着这样的好奇，我细细品味着这本关于喵星人与汪星人的漫画书，内心充盈着感动。

作为一个宠物爱好者，我有很强烈的代入感，能感受到宠物被遗弃的绝望、被玩弄的愤怒、被人嫌弃的沮丧、失而复得的喜悦、被人怜惜的温暖……

"猫中维纳斯"的故事讲述了一只被切掉了双腿和尾巴的小猫，而在这本书里还有很多有着各种残缺的流浪动物，它们教会了我们那么多生存之道。

如何面对伤害

维纳斯小猫被人以食物诱惑并残忍地切去了双腿，它并没有对这个世界失望，没有从此将自己封闭起来，没有拒绝别人的善意，仍然对这个世界抱有希冀，最终被善良的主人收养。

如何面对残缺

　　它们或许缺失了两条腿，或许没有了耳朵，它们的生命变得不再完美，但我们却能从残缺中看见它们的美，看见对生命无比的热爱，看见内在的坚韧与倔强。

有时，宠物的生命并非完全属于自己，也属于爱它们的主人。维纳斯缺少了手臂反而有了一种独一无二的残缺美。而在小猫的世界里，没有了双腿，倒立也是美好的；没有了一只耳朵，可以用一朵繁花来代替……

　　世界以痛吻你，你并不在痛苦中沉沦，反而在痛苦的土壤中开出生命之花。

如何面对嫌弃

在"染色猫"的故事中，小猫的主人因为不喜欢小猫的颜色，用化学染料对它进行了"改造"，小猫忍受了折磨却没有脱胎换骨，最终被主人遗弃。新主人将这只可怜的小猫抱回了家，还它以本来的颜色。小猫发现，原本的自己也是被人喜欢的。

如何面对失去

从出生到死亡，我们一路蹚过丧失的河流。在日渐衰老的主人身边，猫狗忠诚的陪伴可以让时光慢下来，可以让离别来得再晚一点。不惧怕失去，是因为我们曾经真正地拥有彼此，纵然离别，心也一直在一起。

　　每一个被漫画师用温暖的笔触描绘的真实故事，都让我们可以一起感受人间的善良，将猫狗之间的情感、人与宠物之间的情感这样慢炖熬制出来的温暖送给每一位读者。尽管时间不停地催促我们往前跑，但有这样一束柔光永远陪伴着我们。

　　愿你，走过千山万水，剩下的都是好运！

任丽：心理咨询师

著有：《我们内在的防御：

　　　　　　日常心理伤害的应对方法》